Uncovered Therapy

尾久守侑

思潮社

Uncovered Therapy

尾久守侑

思潮社

目次

カバー写真＝中野泰輔

Uncovered Therapy

断りもなくいなくなるのが普通だから、いつも最後の会話だった。いついつからいついつまで、夏も冬も、全部憶えている。二度と再生しなくても、色付きのまま保存していたい。

これは無人駅にそびえ、いつかいなくなる日のための距離の治療《uncovered therapy》だ。

ジュラシック

異様に捻じ曲がった球体
のようなものだ
鏡にうつした身体が
みえている姿だと知って
具合がずっとわるい

昨日は
休日を一日使って
病院に泊まった

「ひどいもんですね」

「そうですか」
「ひどいもんですね」
「そうですか」
朝帰宅して体重を測ると
五十六キロだった

昨日は
どこにもでかけられずに
アパートで過ごした
彼女のようなわたしのような
人間がやってきて
料理をつくる
いつぞやのぞやぞやはどうだった？
じゅーと野菜を炒めながら
恋人のような
視線をわたしに送らないでくれ

ぞやぞやはぞやがぞやで
ぞやのようなものかな
痛めている部分があるだろう
それを隠しているのは
彼女のようなわたしのような
痩せた人影

ぞやぞやはぞやがぞやで
ぞやのようなものだから
ぞやがぞやをぞやしてぞやする
ぞやがぞやなのかそれとも
ぞやぞやがぞやぞやを
ぞやするのか
それがわからない

学生のとき、一人であったり二人であったりした。海の公園柴口から海の公園南口まであるいていく道を、自転車の看護学生が通りすぎると雪がふった。一月二月は退部希望者が多いから、わたしは自転車を漕ぐ足に無意識に力をいれて、潮干狩りやバーベキュー、酎ハイを持ってこのあたりをうろうろしたね。寒いから部屋に戻ろうよ戻ろうよ、音源がレコードのように不調をきたしてみたくないものをみないようにしている。

ねね　朝になったら
朝にはならない
即答して
夢のつづきをみようとする
あした晴れたら晴れてなくても
みなくてはいけない
「ひどいもんですね」
「そうですか」
「ひどいもんですね」
「そうですか」

きょうは公園に　ねね
いきている恐竜をみにいこ

ジュラシック・レコーダー
をつかって
再現性のある
繰り返しを眺める
その汚染をどうするつもりか
白衣をきた女性が
なにもかもを破壊する
みらいの恋という
少年映画を撮影しているらしい
ぜひみてみたいものです
どうして休日に
会話をしないとならないのだ
ねね　外れてるよ

床におちた顔のパーツをひろった

ぞやぞやぞや
はやくも食べられてしまう
人相の悪いいい人と
いい人そうな悪人が
重なり合って
話しているこちらが
混乱してしまう
ひどいもんだ
わたしはあしたも
病院に泊まる

海の公園にはしった顔ぶれが集まっている。このあとわたしたちは二度と会うことはないのだけれども、花火、飲み会、朝練のつめたい空気の記憶がここには流れている。落としてきたもの、忘れてきたもの、表現はなんだっていい。ここで終わった人生もある。なんて、うるせえジジイだ。出席カードは虹色にひかって、空を舞っている。明らかに原子でしょ、苦笑して云い間違えていたその顔、幻視じゃないことを必ずしも否定できない。曖昧な文言だけがわたしの唯一の武器になる。ねね、これから合流する?しない。即答してわたしは夢のつづきをみたいだけだった。二〇一一年、二十一歳。

こんなに具合が悪くたって
身体にはなんの異常もないのだ
わたしの不調を知らせる
ジュラシック・レコーダー
もう動いていないとしっていて
それでも彼女は
嬉しそうにしていた

ジブリス

ジブリ、ジブリス、ジブラルタル
間違えた活用を口ずさむ
ジブリスは遅刻
わたしはどこでやるつもりだったのか
課題をカバンにいれている

シーパラダイス・パーキングで
缶コーヒーを買った
ジブリはりんごジュース
ジブラルタルは煙草を吸って
ジブリスは遅刻

ああ、紛らわしいな
もうすぐ五年生になる

明日には
ないかもしれない友情について
かんがえている

なんかあの、たっかくのぼって
がーんて落下するやつ
そうそう、それ乗ろう
ジブリスがしたで見ていて
わたしたちはたっかくのぼった
そこで自分たちの病院が
景色になっていると知った

「永遠」なんて言葉

むかしはよく使えたけど
意味をよく考えていなかったよね
古いレコーダーに吹き込んで
長く返事を待った

ジブリ、ジブリス、ジブラルタル
あのあとどうしたんだっけ
もう連絡も取り合わない
ジブリ、ジブリス、ジブラルタル
最近は
生きているかどうかも知らない
それはその三人も
わたしもなのだが

たっかくのぼったとき
の空気が

よく思い出せない
声を吹き込むと
「三年前のいまごろの空気も
　よく思い出せない」
と返事がある

朝起きて
病院にいく
診察をする
家にかえる
ねる

これは公開できるかな?
「バカかよ
　個人情報どうすんだよ」
と返事がある

いなくなったのは
ジブリスだったか
ジブラルタルだったか
(ジブリではたぶんない)
それとも
わたしが消えた
のではなかったか

消えた消えた
わたしが消えた
少し減った点滴の水面で
うたっているのは
ジブリスだったか
ジブラルタルだったか

消えた消えた
わたしが消えた

明日には
ないかもしれない
空気の記憶

Jussai

絶対的な
こころの主体がいない
ということ
ボールを投げたその先に
いきているひとがいない
ということ
歴史のせいにするなよな
油断すると
足をすぐに浮かせる癖
今ここに
（所謂 here and now だ）

いることが耐えられない
わたしは過去過去過去や
（ほら、動揺した）
このこの世にない位置で
存在しない人の
治癒不能の傷に
手を当てている
ような雰囲気を醸している
だけだった

高頻度のセラピーでは今ここで二人のあいだに起こる関係を扱っていくべきだと先生は云った。わたしは高頻度のセラピーなどしていなかった。わたしは架空の人物に施しを与えたふりをし、それを配信して日銭を稼いでいた。わたしの前には誰もいないのです、告白をすると、病室の窓から覗く空がカーテンを引くように鮮やかな青にかわった。

お別れを重ねるごとに
お別れができなくなった
わたしはそこにいないのに
ひとだけが二人いる
ばかりになり
わたしは聞き上手で有名な
高機能定型発達という
陰影をここに残して
歴史の彼方に消えてしまう
しかしその歴史は
結局わたしのなかにあるので
あの日あの時あの場所で
（所謂 there and then だ）
イタリアンでわらったり
つぎは和食もいいね
などと

高機能定型発達という
文字列として青山あたりで
犯罪を働くはめになる
あの、ヒーローの方
この配信、とめてください

さて、このようにセラピーを録画するのは海外では当たり前のことですが日本ではあまり行われていないようです。日本ではセラピーがおわったあとにプロセス・ノートという記録を書いてSV《スーパーヴァイザー》に提出するのが一般的ですね。流派によっても違うのでしょうか。では、本日はこれでおしまいです。本やノートをおしまいなさい。

チャイムの音がしない
あれは気のせいでした
わたしはせっかく入った大学で
部活と
バーベキューばかりしました

カラオケにも何度もいきました
それなのにわたしは
今ここに
とどまることができません
愛していると云ってくれ
の再放送をみるような
誤魔化しかたで、わたしは
また青山にむかっています
むかっています

低頻度のセラピーでも今ここの関係を扱うのが原則とされているが、当然高頻度のセラピーよりもその転移関係の表れというのは分かりづらくなる。会っていない時間の方が長いからだ。

ここまで無表情の配信。目を潤ませた十祭（歳、の誤字である）くらい年下の心理の学生が、ひとりだけ視聴しているのがわかる。わたしはこの人だけは騙してはいけないことがすぐに分かって電源を長押しした。

愛していると云ってくれ
いや、云わないでほしい
立ち去りたくなるからだ
なつにお祭りにいくような
意味を生涯《disorder》つくれない
遠くから
手をかざす
それだけでいいと
名前もしらない女子大生《jussai》が
わたしの頭を
ぽんぽんしている

一休休休

衣装みたいな夜を着る
誰に言えるわけでもない着信
こういうのを綺麗とは
俗に言わない景色の中でいちばん光っていた
さながら当直で呼ばれた臨終の
窓、間違って口をあけパッと舞った尿の
乱反射が止まってみえた
まだ若いのに
だからなんだという顔をする二〇二二
ああ、たとえばわたしが遡って
新宿だからなのか

天体のせいなんだか知らないが
星が繋がってみえたそのどちらかを
選び直すことができたとして、いや
馬鹿な空想は健康にわるい
誰にも言えない夜をまた重ねて
玄関をあけると嫌でも裏側に繋がっている
まっすぐに歩けなかったやつら専用のNOKIAしかない
壊れていても物質が通じているから通じてしまう
一休休休
話しかけたりかけられたりして
子らのために買ったプラネタリウムはくるくる回る
ああわたしに子はいないが
それはあんたの星の話でわたしにはちゃんといる
なんて言われた日には目も回るが
だんだんそれすらわたしを構成していく
平気で人に言えないことをする

ときどき繋がったステーションから呼ばれて
臨終の窓、明日のことを間違って話す
ありがとうございました
深々と頭を下げられるときが一番間違っているから
裏の扉をあけてまた裏に、また裏に
不思議なことに裏の裏は表ではなく
さらに裏だということも知る
何年前までできたんだろう
蠟燭を吹き消す音のつよさで知る
一休休休、五月
わたしは十祭になった
朝のない側に来てしまったわたしから
プリズムのように分かれた二十うん年の
わたしに告げる口角はひび割れ
言葉にしたそばから「光年」という
意味不明の単位がわたしの身体を貫いていく

発信先に涙《past》と表示された液晶がまた震えて
衣装の中を泳いで渡る
休休休から、濃いほうの夜に向かって

Ｘ回目の空気旅行

忘れてしまった距離があった
太陽に、割れた硝子をかざして燃やす白衣のポケットに
まだ治っていない指の傷が緊まりなく映し出されている
ＸＸは、そのころ確かに存在した「呼び名」を忘れてしまったから
ＸＸとして、もう十年近く東京の青空みたいな表象のなかを捻れている
ＸＸかけるＸＹは、はい、ＸＸくん
存在しない記憶のキャンパスでは誰もが間違えた
ＸＯさんまでは難なく呼ぶことができたし
ＸＯ醤炒め
などという今では許されないであろう揶揄いですら羨ましくみえた

ＸＸ先生、　ＸＸ先生

遠くから、意図的に雨に濡れたような少年が大量に走ってきて
人称も定まらないままに逃げ続けていると
忘れてしまった距離に辿り着く
横浜新都市交通金沢シーライドライン
三両目だか、四両目の優先席に
いまでもＸＯは化粧を崩したまま眠りこけていて
永遠にこない国試の映像授業をくりかえし復習し逃している

ＸＸかけるＸＹは、はい、ＸＸくん

画面のなかから呼びかけられることにももう飽きた
もう飽きたよ世界は東京の青空を映し出したまま固まっていて
透明な厚みの隙間から誰かが網膜を焼いてくれることだけを待っている

XOはもう間もなくXXを許可します

切り替わった瞬間、屋上に風が吹いている
X回目の空気旅行
想像のドクターヘリがとんでいく気圧で靡いた白衣が
後ろ姿を記憶にしていて許せなかった
どこに行けばいいいんだよ
泣いたような声に、振り返ったXOの顔のしろさ
新型感情は、まだないはずだった

公開することは、二度と誰とも二者関係を結べないことを意味している。死線の先で掴み取ったものを「星のかけら」と記した瞬間にわたしは星のかけらになる。ダサくて恥ずかしくて死なせてくれと叫んでも、落ちていく流星群からはもう出られないらしい。

朝の寝室

死なせたかもしれないと
日常的に思う
日常的に思うということは
死なせたかもしれなくない日が
ほとんどないということだ
そういう朝ばかりで、わたしは
コーヒーと食パンを前にして
コーヒーと食パンの味が分からなくなっている
許してくれ、友よ
映画のなかで俳優が跪いて
（どうして朝から映画をみているのか、それは謎のまま）

実のところわたしとは友達でもないのに
どこかで出会ったことを
わたしばかりが思い出す
そう、どこかで出会ったのだ
あれはまだこんなことになる前
新宿あたりで男女六人とかで飲んだのではなかったか
後日、行列のできる食パンを買って
うようよと汚染したところに
食パンと並んだ写真を幾つもならべて
星の話をしたのではなかったか
一度きりの出会いだとしても
永続的に友達でいつづけることになる
死ぬことを意識していないからだ
許してくれ、許してくれ友よ
つらすぎてこの間大量に頼んだ本が
密林から次々届いてしまう

ジャングルの奥地には
死ぬかもしれないと
死なせたかもしれないが
日常的にあるのだろう
だからこんなにいい本が次々届くのだ
いまこの瞬間
なにをしているのか知りようがない
行列に何時間もならんで
突然はじまった戦闘に対応できず
或る者は頭を
或る者は胸を撃ち抜かれて
あ、
などと思う間もなく死んでいく
かえって幸せなのかもしれないなどと
口が裂けても云えない時代になった
撃ち抜かれなかった者たちの口に

コーヒーと食パンを無理やり詰め込んで
よかったね、よかったねと
チャーター機で本土に送り返していく
どうせ役者になるならその役がよかった
銃の撃鉄を起こす二等兵の役など
どうして好き好んでやらなければならないのか
せめて寝たきりで面白くもない
連ドラを視聴し続ける罪などを作ってくれれば
喜んで処罰されるというのにだ
ボロボロになった襟を触る癖が
時代を超えても治らないでいる
語り部のわたしだって
第八話あたりで流れてきて
電話が鳴るのにも気がつかない
想像したくもないが
現実に死なせた場合だ

警察が柔和な声を出して
同じようなことを何度も尋ねる
そうです、そうです、わたしがみていました
はい、はい、薬も投与していました
名前、わたしのですか
生年月日も、あ、はい、はい
たいていは思いもかけない話だ
通常連ドラなどであれば
次にどのような人がどうなるか予想はつくが
朝になって、同じコーヒーと食パンを前にして
夜ねむるときには
予想もつかない日になっている
わたしの友では全くない人だ
街で出会ってそれっきり
結構いろいろ話をしたのにもかかわらず
文脈が途切れると

他人になるのが一般的だ
他の街ではどうなのか知らないが
この街ではそれが普通だと思って育つ
親にも云えないような密林が
都内のどこかに隠れている
上京してきたやつらには黙っていたが
ここはコーヒーと食パンの街だ
無理やり口に詰め込まれたまま
味がない朝をなんども繰り返して
目が覚めるたびに
死なせたかもしれない
死なせたかもしれない
頭を二重螺旋のように駆け巡るのだ
許してくれ、友よ
わたしは無名監督の映画で
NGを出し続けている

監督もスタッフも
最後には顔が真っ黒になって
（許してくれ、許してくれ）
セリフを繰り返すほど
感情がこもらなくなっていく
朝の寝室で
明日もまた観ざるを得ない
取り返しのつかない
一日がまた始まる

鬼

鬼になるための試験かと思ったよ
お笑い芸人が云って、爆笑
それが花びらになって舞いました
と、記述すれば
詩になってしまうのではないか
鬼になるための試験が簡単なはずはない
たとえば当直でいちばん初歩とされるのは
夜中のお看取りだろう
今日あたりか、明日までもつか
芸人のわたしにだってそれくらいはわかる
「あなたの非日常はわたしの日常」

芸人が芝居をやるときに
セリフが全て嘘になってしまう
真実の愛、
を書いたはずなのにだ
「あなたの非日常はわたしの日常」
広告で働く子は好きになれない
鬼、鬼、鬼、などとつぶやいて
その実は鬼になるつもりなどないからだ
あなた《誰だよ》と
わたしの日常を繋ぐための技術が
国家資格になっているらしい

三日禁欲すれば
誰でもどエラい人間になれる
えらいえらいと頭を撫でて
どエラい人を装って生き延びてきた

もう不能者《サイボーグ》とは呼ばせない
「お前よく恥も外聞もなく……」
わたしは鬼になんども殺されて
それを誰も知らないでいる

最近、家族の立会いは禁じています
理由はネットに書いてあるだろう
心臓が止まっていることくらい
モニターを見ればわかるのだが
真実の愛、
のせいだろうか
胸の音を聴くような仕草をする
それが鬼の技術であり
対外的には
なにを云っても無意味な
わたしを殺す真実の愛らしい

金融の子と一度ご飯に行って、二回目が決まらない
当たり前だいま外に飯を食いにいくやつがあるか
しかし
そのような言説がいつでもまかり通ると思うなよ
そもそも鬼、などという古典中の古典に
異常な意味づけ《Wahnwahrnehmung》をしているのはどこの誰なのだ

三日後の性欲は漫才にしづらい
お笑い芸人は空気が読めるので
真実の愛、
みたいなことを云って切り抜けるのが得意だ
技術がひとを試したり殺したりする
あたりまえのことを公開するのが
わたしの悪い癖だ

家族で乾いた寿司を囲んで
お笑い番組が流れている
いつ死んだのかわからないと全員が思っていて
最初に笑うのは誰か様子をうかがっている
となりの家族の寿司がいつまでも減らずに時間が経って
だんだんわたしたち一家も暗い食卓を囲むようになる

雪山

わたしと、わたしの公開を巡る連想がある
それに付随して都市のことばかり書いてしまう
たとえば今日研究会の帰りに立ち寄った
新宿紀伊國屋には顔がない
わたしに顔がないことの比喩を用いて
一冊しかないわたしの本を誰が手に取るか
誰も手に取らないか
見張っているうちに書店員が三人入れ替わって
どの顔も見ていなかったと気がつく
三人だったか四人だったか……
三人と知っていて、でもわたしはそう伝える

曖昧なほうが生きやすいと知っているからだ
わたしとともに経年劣化するわたしの本
ないと思っていた顔をそこに認める

*

しばらくぶりに外食をした
返事はノー
愛にまつわる何かと勘違いした店員が
ムッシュー、アルコールを、と
なぐさめの赤ワインをわたしの手にぶちまける
存在が明瞭になりました
お礼を云うのはこっちのほうですムッシュー
二人で入店して帰りには三人になっている
名所の広告と、雪山の怪談のあいだに位置する
人称のふえたへったが気になるだろう

寝るな死ぬぞ　肩を交替で叩いて
一人多いことに気がついたとき
うわぁ、などと叫ぶ俳優を横目にみながら
気づかぬふりをして肩を何度でも叩く
眠ってしまうことほど怖いことはない

＊

かわる日々とかわらぬ日々があって
できれば触りたくないと思っているのだろうが
どうしたってわたしの公開はでたらめになっている
書店員も今夜ばかりは早めに帰る
それが何日も続いてすべてが特別な日だ
とっておきのケーキを毎晩たべて
ぼくはチョコ、あたしはベリーなどと
二度とみることのない大家族スペシャルを小説にしている

なんてしばらくぶりの外食でしょう
イギリス王妃のセリフを書くと
一人という単位が線のない輪郭になっていく
ありがたいこと、ありがたいこと
祖父がいつも云っていた
歯科医というのはもともと気をつけているんだ
ムッシュー、何名様ですか
何名に見えますかわたしにはわからないのですが
一人なのにパーテーションで八つ裂きにされて
そのカラダを深夜に探す漫画を読んでいた
わたしのカラダ探して
などと口が裂けても云えないが

*

こんなときこそ本を読もうと匿名の書店員が云う

こんなときもあんなときもないだろうという公開しない連想
腹を抱えて笑う慣用句が一つも思い浮かばない
サイコロコロコロ転がして
六がでた、百がでた、三千二百五十だなんて
密室で楽しむための大人のおもちゃだ
はじめて会った女を抱くことに抵抗があるふりをしろ
婚活はそれでもうまくいかないぞムッシュー
手作り料理専門の店で
わたしはいつも気まずい思いをしている

＊

箸休め中のみなさんに問う
本屋で外食をするのはどうでしょうか
短絡するのはわたしの常であり他も大方そうだろう
棚にささったわたしの本を眺めながら

外食するのはさぞ楽しいだろうムッシュー
おまけにアルコールまみれの
大人のおもちゃと来たもんだ
最初は皮肉屋だったあいつもわたしも
だんだん沈んだ調子で話すようになって
三人だったか四人だったか
人称の問題が棚上げになってしまう
記憶のことだ

*

そうわたしは
記憶についてしか扱えない下手くそセラピストだ
ひとふたりさんにん
数が増えるほど記憶が破滅的になる
ましてや新宿で密室で

いかようにもならない公開と
外食をわざわざ混同している
おいムッシューあの日雪山で四人いたよな
そのときわたしの肩を叩いたのは一体誰だったんだ
記憶、記憶、記憶
一人増えたこと、見て見ぬふりをする
記憶、記憶
もう無視はできないだろうムッシューおれの
わたしの肩を叩いているのは
紛れもなく誰かの公開で外食で
意味をつくれば馬鹿にされるような何事だからだ

見当識というのは時、場所、人を把握する能力を意味する。木を隠すならば森の中。では、人を隠すならばどうするか。隠れることを目的とするのではなく、見つかるために隠れるということがあるのではないだろうか。

サバイバル

目を覚ますと無名だった
そんなはずはない
だって昨日あんなにみんな事務所に押しかけて……
夏が半分になっている

興味深いのは
どんな有名人も
半分くらいは無名ということです
本当のことをコメントすると
生きる、死ぬを単純に並べた
サバイバルに送り込まれる

その識者の最期をなんども目撃する
俯瞰しろ、俯瞰で見るんだ
混乱するとすぐに
アニメの声が入り込んでくるわたし
それが無名の証拠

いってきまーす
息子の声でまた目を覚ます
そうだ今日はゴミを捨てて
妻の代わりに保育園に送り届け
それから職場に来たのだった
いってきまーす
また息子の声
本来であれば一般家庭の
平凡な
無名人である証拠が提示されるはずの「連」で

わたしはなぜかループしている
夏らしい雑味が美味しいですね
意味不明の食レポをした記憶
俯瞰しろ、俯瞰で見るんだ
サマータイムレンダというアニメでは
主人公は何度も夏をループするが
わたしの場合はただ
現実を生きていないだけ
であった
いってきまーす
いない息子が駆け抜けると
なすすべなく夏が二周する

お前のことなんて
誰も知らねーよ

息子は最近反抗期だ
うるせーよ
知らねーよ
語尾を自然に伸ばして
わたしを亡き者にしようとする態度が好ましく
ついつい
オーディションにでも参加したらどうだ
ボーイズグループで死ぬまですごすのもいいぞ
サブボーカル②
あるいは
ラッパー①
として
わたしの無名の罪を
肩代わりしてくれやしないか
父さんちょっと聞いて
生きる、死ぬは美しいよね

純度が高ければ高いほど美しく
泣く女だっているよね
(正確にはあれはただのヲタクで放っておけばよいのだが、
息子の顔が真剣なので水を差すわけにはいかない)
だけど死んだ後に未だ無名なままでいる
ボーイズは汐留あたりを彷徨って
生きてはおれないものの姿で
夏を繰り返しているんじゃないかな
はっとしたときには遅く
息子は単身過去にわたって
サバイバルしては脱落
またサバイバルしては脱落
ときには実際に
命を落とすこともあった
何度目かの夏の友情物語《サマータイムレンダ》
顔が好きなどという

口に出してはいけない基準で
有名になる順位がついて
司会のお笑い芸人が
どうですか、息子さん
とステージの息子に水を向けると
そうですね、まずは父《無名》に感謝です
父《無名》は反抗期のわたしに
裏のことばで教えてくれました
ループしなければ生き残れない
そうだあれは確か
一休休休
教育テレビに囚われた
銀のぬいぐるみの瞳の奥に
同じ言葉をみた気がするのだ

サバイバルを潜り抜ける

全身の肉が削ぎ落ちて
現実だけになる

俯瞰で見ると無名だった

なつ祭りの夜、国道をあるいた
死線をくぐり抜ける一瞬
サバイバルは美しく記憶され
裏の川では
戻る時間を誤ったわたしの息子が溺れている

四谷心中

可愛くたって
許されないのではないか

しかしその
許されることと
許されないことの間で
わたしは御託を並べている

怖いのは
中にひとが入っている
ということだ

知ってしまったら
死ぬまで降りられないタクシーだ
わたしは何に加担しており
何に加担していないのか
ない車窓のさくらが
たしかにわたしにもみえている

映画でも御覧になりますか
どれでも好きなものを
それは映画ではなかった
いないはずの弟が
主演していたからだ

「どうして俺は四谷俳優になんてなってしまったんだ。なにも言葉を話せなくなってしまったじゃないか。俺はまた新型感情について思ってもいないことを話さなければならないのか。そこにまたインセンティブが発生して、恋人にはそんなに嫌なら全額海に寄付して強盗にでもなったらいいじゃないと罵倒されてひとりで心中してしまうのだろうか。」

セリフとはいえ
なんて弟だ
座席の下をみると
やっぱり低評価がついている
わたしは弟に縁をきる旨の文書を送り
しかしひとりで心中というのは
わたしと弟で
死ぬという意味ではなかったのか

「不思議なものだな。あれだけ降りたかったタクシーに一生乗りたいだなんて。まさか女の影響か？　そういえば音楽の趣味もかわった。あれだけポップスばかり聴いていたのに、最近は曲とも云えないつぶやきばかり聴いているじゃないか。それともお前、まさかオトウサンになんてなっていないよな。」

弟よ
お前の演技は終わっている
その露出狂的なことばづかいに
みな親近感をもつと思っているのか？
わかっているのだよ
お前のなかにはもう一人入っている

また四谷駅西口だ
四谷駅には西口はありませんと
あれほど云ったのに
なぜ西口についてしまうのか
研修医のころ訪れた飲食店が
放火されている

放火は重罪

そういうはなしではない

「弟よ、わたしはありもしない四谷駅西口で逮捕されている。法に触れないことをたくさん侵したことが露見して、生真面目なスーツ姿のかたが通報してくださったのだ。しまった、名前をきいておくのだった。もし見かけたら謝礼をしておいてほしい。それから息子に伝えて欲しいことがある。わたしに息子はいないのだが、それでもだ。オトウサンは、元気だけど死んでいます、そう云えない雰囲気ならこうだ。オトウサンは、元気がないけど生きています。だめだ。そんな独りよがりではは共感してもらえない。わたしには共感しかないのに。文字が乱れてしまってすまない。ああ、本当は本当は、もう次のメーターが上がろうとしているのだ。」

兄のなかに
もう一人入っている
報道の前に
わかっていたことばかりだ
四谷駅西口

わたしはわたしの
悪事に加担している

ウルスラ・コルベロ

老けた老けたとみんなが云うので
Eテレをつけたんだが
画面は真っ暗なままで
そうだ確か
放送というものが
なくなったんだっけ
役作りが大変すぎるから
俳優たちが赤い
ほそくのびた爪のようになって
その目のところに
シンガーソングライターが
歌詞をつけても

誰も見向きもしなくなって
駆け込んできた男優や女優を
現在わたしが診ている

変なものを食べると痩せるよね。ぶりぶりに太った女子大生とわたしは特急列車のなかで寝ている。声が漏れるといけないので車掌をつい先ほどインド洋に叩き落としたところだ。と、するとこの列車は一体どこを走っているというのか。日本の話ではないというのか。あれだけ家から出るなと注意されたのに、わたしは女子大生とインド洋で会食をしてどんどん太っているというのか。

この詩集
十祭の国のアリス　シーズン2
が世界七十カ国でひろまって
ウルスラ・コルベロ
みたいな女優と付き合えないかな
ウルスラ・コルベロ

はわたしと同い年だ
ウルスラ・コルベロ
はわたしと同い年だから
わたしの詩集に
共感
すると思うんだよね
なんといってもわたしは
困ると文章をたくさん書いて
ぶりぶりに太る
呼吸の使い手
だからね
ああもう書くことがない
さあ出番だ出番だ
三文がくるぞ

しかしやってきたのは

院文だった
博士論文　十祭の国のアリス　シーズン2
が書き終わらない
そもそもまだ実験の途中だ
四月からもう博士課程六年目だというのに
外からの俳優を
被験者として
院内に招くことができない
俳優どうしの
接触を避けるためだ
（アリス、それはお前の考えすぎだ！）
院文で提出は
可
でしょうか
指導教官はアニメで泣いている

ウルスラ・コルベロのことを考えながら寝ていると、列車が揺れた拍子に御影石を抱きしめていることに気づいた。そうか、あのかけがえのない若さがこの地域の気候だと固体として析出し、わたしの身長をも超える硬さを作り出すということか……。

知的な快感が
さみしさに勝ることはない
気味の悪い歌詞だ
でもウルスラ・コルベロなら
共感
するかもしれない
わたしと同い年だから

誇大すぎる、もう診察依頼はやめておこう。博士論文　十祭の国のアリス　シーズン2を読んだ病院長は教育テレビを見て育ち、いまも放送をしていると錯覚しているのでウルスラ・コルベロのことを知らない。気づいたらこの列車の一車両に閉じ込められ、渋谷から持ち込まれた毒ガスを吸って二度と俳優になれない声色のにんげんになっているのだが、褒められ続けているのでここが日本だと思い込んでいる。まだ女子大生を誘拐しているありすくん、のほうがましではないか。

偉くなりたいひとは
偉いひとの真似ばかりしている
わたしは俳優になったので
ウルスラ・コルベロと
もう付き合えない
共感
しかしてもらえないしね

ぶりぶりに太った女子大生と一緒にいたら、列車が渋谷で停まったのでわたしは下車してスタジオに向かった。動き始めた列車にはたくさんの俳優が乗っていて、わたしはその一人一人を見捨てたわけではないと自分に云い聞かせたが、彼らがどこに向かうのか知らないひとはこのトシン部にはいないらしかった。

想像で涙を流すとき、誰もが記憶の強盗に襲われている。ひかる旗印を掲げ、救済を求める者こそほんとうの被害に気がつかないものだ。さいきょうの最弱と認められなかったわたしも、気がつけば透明なマスクをかぶっている。手を上げろ、銀色強盗だ。

裏声の星

時代が、壊れましたでしょう
覗き込んだ水たまりの顔に
見つからない死相が
遠ざかろうとすると近づいてくる
緑の目はわたしのなかにもあり
犬のように寂しいことを、今朝
誰にも云わないでいる
ひととひととが
わからない輪を作る

逃げ逃げて、逃げて、渇くところまではみ出すのでした。隠れた茂みから、水平線がまっすぐに光って、おうい、と声を出すと、向こうの向こうから真っ黒な銃弾が戻り戻ってくるのです。ひとりでした。汗みどろで逃げ逃げて、こんなにも色がある景色だなと、敵襲も忘れ忘れてつぶやく頃、わたしたちはひとりでした。

コンビニの裏から
世界に見られている
巡り巡って
昔を禁止する人も集まれないでいる
誰でもいいから話しかけたく
青としろの縞模様のひとが
裏に誘う
コンビニのない頃の場所に
見た目だけが違うおなじ
言葉や商品が陳列されている

ひとひとりどうにかすると息があがります。用済みのシャベルを捨て捨て捨ててしまってから、あてもなく歩くしかありません。携帯はずいぶん前に電池がなくなりおなじ穴に埋め埋めました。盗撮、されていませんでしたか。肩に星を幾つもつけているから偉いのだろうと思って、盗撮、されていましたとうそそうそをつく。誰かがジャングルの落とし穴で痛いらしくて、また叫ぶ。

院内の掲示板に
知らない言葉しか陳列されない
黒いマスクを馬鹿にするひとと
しないひとがいて
わたしももう捲った内側にいる
次の肩、どうぞ
星のついた肩が一直線にならんで
返事を待つような様子でいる

ひとひととの輪だらけだらけで、うんうん唸って仲間を待っても手遅れでした。ジュラルミンが通り過ぎると空は真っ赤になって、お祭りや学校、バイト、かぞく、

みんな諦めて逃げ逃げ逃げるしかなくて、それでもわたしはお腹が痛くなる程度で
走り走れ走れるのでした。よかったですね、軽くって。軽くっても、お腹が痛いと
学校にはいけいけないのですよ。だれだれもしんでいなくても、いけいけいけない
のですよ。

時代が、壊れましたでしょう
電話帳のうすい友達が
遠回りにどこかをめざし
また水たまりの顔ばかりが
遠ざかったり近づいたりする
銃声のように消えたかった
わたしは裏声で星のなかにいる
一生なにも目撃しない、その
瞳、時代、からだ
ぱぱぱぱん

世界記事

まだ摑みきれていない話だ
身の回りの道具を武器として
青空を切り裂いた
つもりになっているのは
ふつうはしんだりしない名称や
認識も危うい何かであり
(何か、としか云えない)
その何か、に向かって
加速するレールガンを撃つことから
わたしは一生逃げたかった

明日照大御神が創造した祭閻魔は、先週一週間で急激にその売り上げを伸ばし、瞬く間にお茶の間の任侠道の座を射止めましタ。主役を演じた変態紳士倶楽部の夜回りセンセイは「逆張りされて一歩も身動きが取れなかっタ。見事なまでの熱感だっタ」と記述し、その生物毒性を称えましタ。歌舞伎座の少女たちが交替でヒロインを務め、歳末まで上映される予定です。

緊迫困惑気分に
めくらましをうけて
人を見誤る同僚
わたしより長生きしました
呟こうとするわたしの
身体を被影響体験《あやつる》
その何か、が
この冷たく汚染した
空気に連続している

怖いでしょう
拷問よ
絵本を読み上げるおばあちゃんは
画面も音声も切っている
用もないのに小児科に並ぶ孫は孫で
退治されるのはおれだ、と
園内ネットワークで諦めている
そこ目掛けて鬼がやってくる

わたしは世界記事を書き起こす仕事をしているが、四日から半年程度で飽きてしまうだろう。そして牛五メ警察の周りで小さな事件を重ねる。やがてそれにも飽きてまた世界記事をやおら書き始める。その反復運動に今や疑いは持っていないが、三十三歳にもなって被影響体《あやつられる》験感覚を払拭できないままでいる。

こんなときこそナントカだ！
透明板の向こうから

鬼がやってくる
十七歳と課長が二秒でヤられた
国営のレールガンは
はやいはやい
手を叩いた音の方角を
(歌舞伎町か?・歌舞伎座か?)
鬼が狙っている
おばあちゃんは安全な屋内で
温水を持て余している

世界記事は無色透明な人生を並列するよう描くのがお作法だ。当直明けだというのに若マツ河田で強盗発生、わたしは記者として現場に急行する。渡された名札がローマ字表記になっているのは他の若手俳優と揃えたのだろう。新品の真っ黒い日本刀を提げてLIFEに入店したところで御用、歌舞伎座の少女たちに囲まれていた。この距離からじゃ逃げられない。

刑事の勘だけで
なんにんも殺されたけど
証拠のことばかり考えると
なぁんにも云えないだろ
こういった読み上げ機能で
身体を拘束するのです
気づいた時には
画面も音声も消えている
逃げられない
思った速度の階乗で
鬼はやってくる
世界記事の信憑性は五分……
いまこの瞬間
レールガンを撃つか
それとも撃たないか

不登校

曇天を理由に
遅刻ばかりしていて
それはどうなのだと
問われている

いやね、おぎんさん
こんなに具合が悪いのに
よく毎朝
仕事や学校に行けるなと
思うんですよ
おぎんさんは無表情のまま
裸であることを忘れて

男の話をしている

わたしは相槌をうちながら
聞き上手、聞き上手
と頭のなかで繰り返している
そしていざ
という瞬間
聞き上手、聞き上手
という合いの手が消えずに
炎に包まれてしまう

わたし、マジックの失敗
はじめてみちゃいました

おぎんさんがその日寝たおとこは
牛五メ警察に逮捕された

女の話をしたからだと云う
きびしいトシン部になった
捕縛した巡査部長すら
そのように述べている

おい
曇天を理由に
遅刻ばかりしていて
それはどうなのだ
形ばかりの尋問だとわかるまでに
あと三年はかかるらしい
そのあいだ
取調室をなんども出たり
入ったりして
その運動が
単純にきつかった

鼻をつまんだ高校生が
朝の交差点を駆けてくる
道の途中でいなくなって
不登校になる

わたし、マジックの失敗
はじめてみちゃいました

おぎんさんは
男の話を止めることができない

炎に包まれたわたしは
高校生だけでもなんとか
トシン部に戻せないか
逃げ込んだLIFEで考えていた

閉域

分かりにくいだろう
質量が欲しいだけなのです……

病んだ青年が戸外に立っている
と報道がなされるとき
病んだ、ということばが
宇宙かと思われ
まさかの手書きで
メモまで取ったのだが
その県境が分からないでいる

山と山の間にそれは
存在しているらしいが
山に登らない場合
みえないものであって
そもそもわたしは県に居ないから
資格がない

治療のためのアレコレを
いや、そもそも診断が
間違っている
病んだ青年などという
いまは使えない閉域《デジタル》に
なにがあるというのか

戸外でいつまでも
病んだ、ということばを

手元で共有している連中が
意味を貫通して生きるのは今
古くさく書いたって今
お弁当もった？
手は洗った？
画面越しにお母さんが話し掛けてくる

瞳の街

明日まず晴れるとする
急速にみなとは近づいて
声をだす間もなく全員が家に帰る
ここまではいいいな？

言葉がうまく動いていない
伝導速度を優先するからだ
体調に、技が左右されるだろ
師範に指摘される

航海中、という設定が
よくなかったのだろうか

海のうえで武道の稽古をする
師匠と弟子の映画なんです
くだらない内容だったが
顔が好みで星をつける

お前は運動神経だけだな
少し細やかに動いてみろ
そういう師範は丁寧なだけだが
わたしはヤッと声をかけて
細やかな空を十字に切った

恋なのか
逸脱なのか分からない
三十代をトシン部で暮らす
ミナト区では
映画女優が撮影していた

やっぱり綺麗だな
と思ったとき
航海中、
とテロップが入って
ガタガタと座席が揺れる
実写により近い体験です
説明をするその瞳が
まちがっていた

瞳が落ちる街
ひとつひとつに星の名前をつけて
大切な人をとりちがえている

お前の運動神経は
限られている
ほらもう息が続かないだろう

ここをこうやれば
お前はこう反応して
わたしはこうで
こうだ
何をしても負けてしまう

瞳の街では
数年に一度の帰港が
「十祭」という
絵画になっている
過去に色を重ねても
トシンには帰れないから
明日まず晴れるとする
「きぼう」「みらい」「きずな」
息した瞬間に死ぬような
瞳の街で一生をすごした

呪文

そんな風に言葉を出して大丈夫か
いまにも死にそうな俳優が
（つまり演技だ）
映画のなかを走り回っている

トーキョーの交差点という交差点に
なにもかも了解したような
女子大生《jussai》が立っている
待ち合わせ場所まで色とりどりに
ひかるタクシーの無線から
いまにも死にそうな声が

（演技じゃない）
わたしの背中を追ってくる

夜景が流れる街で
呪文のようだ呪文のように
からみついてくる声
ラブホテルの石鹸のぬめりと
かわいた汗の
区別がもうできない
これは呪文じゃない
治療《信じるな》だ

呪文じゃない呪文じゃない
頼むから信じてくれ
本番を待つあいだ彼女たちは
シン宿六丁目で祈っている

呪文のようだ呪文のように
禍々しい
まが、まがまがまがしい
言葉にしたそばから
なにもかもhiphopだ
それに気づいたとき
膝から崩れ落ちた
(つまり演技だ)
日シン食品のあたりで
目を覆い隠したわたしは
冗談をいう気力もない
そんな風に言葉を出して大丈夫か
わたしの声はわたしに返ってくる
呪文じゃない呪文じゃない
診察室からシン宿まで
シン宿から診察室まで

往復するようにタクシーを呼んで
一万
二万
三万とメーターが上がっていく
やめなさいなどという馬鹿がどこにいる
やめなさいなどという台詞に赤線を引く
そう彼女たちもわたしも抜かりのない
銀色にかがやく強盗なのだ

治療《信じるな》だ

世界一弱くなれなくて
繰り返し交差点を駆け抜けた
呪文のように唱えれば消えていく
新型感情を教えてくれ
新型感情を教えてくれ

わたしはなぜ二回云うんだ大切なことだからじゃない
わたしはなぜ二回云うんだ一回じゃ
声量の強い弱いに
流れてしまうからだろうか
頼むから信じてくれ
わたしの言葉は呪文じゃないし
サブカルサブカルサブサブサブカルでもない
（なにもかもhiphopだ）
本番を待つあいだ彼女たちが
覗き込む映像はほんとうに現実か
見た目に騙されるなよ
トーキョーの窓という窓が
ちゃんと曇るか
それとも曇らないか
ラブホテルのシャワーで
硝子越しに聴こえてくる

意味不明の歌
よみがえれ
おい
そんなことにたった一度の
お願いを使っていいのか
いまいまにも死にそうな声が
（演技じゃない）
ト内のどこにも辿り着けないというのに

手を上げろ
治療だ

ああわたしも彼女も
世界一弱くはなれない強盗だ
ボリュームには色がついている
ひかる無線からト内へ告ぐ

新型感情を教えてくれ
新型感情を教えてくれ
演じるだけの時間のなかで
呪文じゃない呪文じゃない
これはシだ
呪文のようだ呪文のように
わたしたちは祈っている
銀色のシャワーを浴びながら
タクシーは色とりどりにト内をひかる
寝間着のわたしが抱いていた青春《jussai》
その首を絞めた手で呼吸を復活させるとき
わたしの言葉はただの呪文か
それとも演技なのか

それが当たり前だから治療のための意味を唱える
タクシーはト内のどこにも辿り着かない

略歴

一九八九年東京都生まれ。精神科医。横浜市立大学医学部卒業。博士（医学）（慶應義塾大学）。詩集に『国境とＪＫ』『ＡＳＡＰさみしくないよ』『悪意Ｑ47』（思潮社）、学術書に『偽者論』（金原出版）、『器質か心因か』（中外医学社）、『サイカイアトリー・コンプレックス　実学としての臨床』（金芳堂）ほか。二〇二〇年、第9回エルスール財団新人賞受賞。

Uncovered Therapy《アンカバードセラピー》

著者
尾久守侑《おぎゅうかみゆ》

発行者
小田啓之

発行所
株式会社 思潮社
〒一六二―〇八四二　東京都新宿区市谷砂土原町三―十五
電話〇三（五八〇五）七五〇一（営業）
〇三（三二六七）八一四一（編集）

印刷・製本所
創栄図書印刷株式会社

発行日
二〇二三年七月三十一日